비는 염소를
몰고 올 수 있을까

비는 염소를
몰고 올 수 있을까

심언주 시집

민음의 시 **210**

민음사

무너뜨리고
흘러가게 하고

얼굴 밖으로 빠져나가
나는 무엇을 보고 있는가

2015년 여름
심언주

차례

작품 해설 | 김수이

노출

타일을 촘촘히
붙여 나가다 보니
해바라기 하나를 다 건너갔다.

햇빛 때문이다.

얼굴에
새까맣게 박힌 점들을 밟고 눈동자들이 지나간다.

완성되기도 전에
나는 모자이크 처리된다.

그런 날 오후에는
울타리 밑으로
낯선 얼굴들이 목을 빼고 기웃거린다.

나무가 새를 놓을 때

날개와 날개 사이에 새가 끼어 있다

새는 날개와 날개 사이를 빠져나오지 못한다

날개는 새에게 너무 큰 매듭이다

날아오를 때 날개는 새를 부풀린다

날개는 새를 마음대로 여닫는다

날아가는 것도 부딪치는 것도 날개가 선택한다

날개가 팽팽히 새를 당겨

새는 곧 양분될 듯하다

하늘과 땅 한가운데 끼어

새들이 펄럭인다

하늘로 가라앉으며 구명 신호를 보낸다

비는 염소를 몰고 올 수 있을까

비는

오는 건가 가는 건가
넘어지지 않고 계단을 내려설 수 있겠나
4차선 도로를 건너뛸 수 있나
느긋한 건가 서두르는 건가
오리도 몇 마리 데려올 수 있나
우리까지 염소를 몰고 올 수 있을까
후진할 수 있겠나
미는 건가 밀리는 건가
에스컬레이터가 멈춰 서면 쓰러지지 않을 기술이 있나

씻는 건가 씻기는 건가
손금을 볼 수 있겠나
우는 건가 울음을 그치는 건가
이슬인가 촛농인가
이마가 차가운 비는 아픈 건가 나은 건가
늦은 이유를 속아 주는 건가
습관인가 버릇인가

껍질인가 알맹이인가
비우는 건가 채우는 건가
0인가
1인가

버스는 탈 수 있겠나
콘크리트에 으깨진 비는 살아날 수 있겠나
돌에 닿으면 돌이 되고 살에 닿으면 피가 되나
그리는 건가 지우는 건가
연못에 빠져도 고인 물에 섞이지 않을 자신이 있나
원인인가 결과인가
오늘 등록한 비를 내일 또 볼 수 있을까
귀와 강물을 나란히 흐르게 할 수는 없나
내 온몸에 스밀 수 있나
그의 몸을 그려 줄 수 있나
호신용 무기가 되어 줄 수 있나

굴뚝들

내 목으로 알지 못하는 얼굴이 배달되었다.

거울은 시간 여기저기로 얼굴을 옮긴다.
나는 얼굴이 달아나지 못하게 스카프를 묶는다.

보름달이 둥둥
굴뚝 위에 걸린 밤.

이 얼굴입니까?

내가 알지 못하는 얼굴을 깎고, 메우고
몽타주는 쉽게 완성되지 않는다.

바람이 불면 얼굴이 날아가 버린다.
그런 줄도 모르고 뜨거운 무엇이
목 위로 치민다.

끓어오르는데

표정을 감추는구나.
머리칼이 하얘지는구나.

사과에 도착한 후

내가 오른쪽 볼과 왼쪽 볼을 내어 주지 않으면
사과는 부풀지 않는다.
흥분이 극에 달해야만
나는 향기로워진다.
이제껏 구분되지 않던 냄새를 드러내며 비로소
둥글어진다.

너는 노을이 아름답다지만
누가 칼날을 세우기라도 하면 핏줄들이 모두 숨어 버린다.
모처럼의 흥분이 사그라질까 봐 나는
칼끝에 집중한다.

사과는 사과를 유지하려 애쓴다.
둥근 사과는 이미 잘린 사과일지 모른다.
사과 노릇을 하려는 사과일지 모른다.

창 너머로 나란히 기차가 가고
덜컹덜컹 배경을 자르면서 가고

칼이 지나가면서 고요해지는 저녁이다.
나는 환부를 움켜쥐고 몸을 뒤튼다.
칼이 지나간 줄도 모르면서
너는 노을이 아름답다 한다.

백 일 동안

꽃을 벗고 더 지독한 무엇이 되기를
기다리는 중인데
동백이 잘 지워지지 않는다.

동백을 숨기려고 입술을 뭉갰는데
아침이 되어도
깨어나지 않는다고
침대 머리맡에서
새들이 소란스럽다.

억지로 잠을 청해 누우니
별 대신 두 눈이 공중에 매달려 있다.

밖은 환하고 나만 어둡다.

커튼을 젖히고
나무가 아직 거기 서 있는지
엿보고 싶지만
너와 마주칠까 나는 후퇴한다.

동백까지 가지도 못했으면서
서둘러 동백을 벗어나려 한다.

나는 먼지와

36.5도는 지루하다.

36.5도는 걸핏하면 악수를 청하는데
손가락이 더는 줄어들지 않는다.

36.5도를 먼지라고 부르면 안 되나.

먼지는 똑같은 동작을 되풀이하고
먼지는 아득하고

먼지와
나란히 눈을 뜨고
마주 앉아 구운 빵을 나누어 먹는다.

먼지는 가벼운 콧김에도 쉽게 넘어진다.

넘어진 먼지와 털갈이를 하고
봄이 되면 어디로
이사를 가야 하나.

먼지가 앉던 의자를 버리고
먼지가 눕던 선반을 떼어 내고
낡은 지도를 쓰레기봉투에 묶어 놓고는

텅 빈 거실에서
식구를 불린 먼지와
짜장면을 기다린다.
트럭을 기다린다.

36.5도를 트럭이라고 우기면 안 되나.

거울을 보는 컵

당신은 나보다 입이 크고
내 앞에서
입을 다물지 못하는 습관이 있다.

당신은 귀가 하나여서
내 말을 귀담아듣지도 않는다.

마음대로 움직여 주지 않아
당신 귀를 잡아 흔들면
당신은 커다란 입으로 내 입을 덮친다.

내게로 몸을 기울이다가
출렁이는 당신을 쉽게 들킨다.

나는 당신을 들었다 놓았다 한다.

귀가 하나뿐인 당신이
내 반쪽 얼굴이
울먹이는 게 싫어서

홀쩍 자리를 떠난다.

당신은 쉽게 차가워지지 않는다.

장미대첩

다가갈수록 어두워지는
장미를 짚어 가며
벽 속으로
끌려 들어가
겹겹이 포위될래요
장미로부터
장미까지
끝이 보이지 않는 미로
어디까지 진입한 건가요
손 닿으면 썩어 버리는
장미의 벽을 짚어 가며
오늘은 전진인가요
후회인가요
사방의 피가
머리끝으로 쏠립니다
몇 겹으로 나를
조여 오고 있는 겁니까
몇 퍼센트의 은폐까지 허락한 걸까요
잎과 줄기, 그리고 발을 떼 내어

따로따로

심어 주세요

속눈썹이 노래질 때까지

마스카라를 지울게요

다음 여름에

장미로 돌아오지 않게

광장이 장미를 알아채지 못하게

잃어버린 손

악수하면서 내 손을
그의 손과 바꾼다

남의 손으로 밥을 먹고
남의 손으로 일기를 쓴다

물건을 떨어뜨린다
손을 다친다
나와 손의 불화는 계속된다

버스 손잡이마다

수평선마다

책장마다

밑줄마다

손이 있다

주체할 수 없는 손들을
펄럭이는 천수관음보다도
나는 손이 많다

잠자리를 잡았다가
놓치는 순간
잠자리는 허공으로 내 손을 끌고 간다

두 손을 모으고
소원을 비는 대가로
나는 번번이
손을 잃는다

고무장갑처럼
껍질을 남겨 두고
그 많던 내 손들은 다 어디로 간 걸까

페이드인

찔레꽃은 아무하고나 상처를 쓰다듬는다.

아무한테나 연고를 발라 준다.

가방을 왼쪽 어깨에 걸쳐라, 오른쪽 어깨에 걸쳐라 간섭이 심하다.

목이 하얗게 쉬어 버린다.

아무래도 꿈속에서 꽃핀 것 같다고 손등을 찌르는 자해를 서슴지 않는다.

주렁주렁 링거를 매단 채 발레를 한다.

꽃잎을 뜯어 나비를 날린다.

불러 세울까 봐 줄행랑을 친다.

칠판기념일

칠판의 냄새 칠판의 배설물 칠판이 흘러내린다 칠판에
눕는다 칠판이 칠판이었을 때 월요일의 칠판을 기억한다
칠판이 혼자 써 놓고 칠판 혼자서 지키는 생활 목표를 기
억한다 화요일의 칠판을 기억한다 목요일이어도 상관없다
쓸 때보다 지워질 때 살아나는 이름들을 열거하며 단호한
법정처럼 푸르게 서 있던 수요일의 칠판 금요일이어도 괜찮
다 뒷배경이라서 출신지라서 칠판은 쉽게 바뀌지 않는다
주목하기 싫은데 주목받고 싶어하는 칠판을 기억한다 비
가 와도 젖지 않고 바람 불어도 떨어지지 않는 우정도 모
정도 아닌 칠판, 딸아이 입학식에 갔을 때도 칠판은 거기
그렇게 서 있었다 토요일의 칠판을 기억한다 월요일의 교
실 화요일의 교실 수요일 목요일 금요일의 교실을 한꺼번에
반성하는 철판보다 군센 칠판을 기억한다 칠판에서 왔다가
칠판으로 사라져 간 국어와 수학을 기억한다 칠판 가득한
아야어여는 조팝꽃 향기를 풍기며 가물가물 사라진다 저
두꺼운 필독서를 어느 세월이 다 읽나 바람에 책장이 넘어
가듯 초원이 융기하듯 칠판도 혼자 힘으로 제주도까지 걸
어가기를 칠판을 지운다 칠판을 보낸다

줄넘기

부엉이의 오른팔과 왼팔을 잡고 나는 부엉이를 돌립니다. 무뚝뚝한 울음이 부드럽게 휩니다.

핸들을 돌리고 우주 관람차를 돌리고 능선을 돌려 궤도를 그립니다. 줄무늬고양이를 돌릴 때마다 짜장면 반죽처럼 골목이 늘어납니다.

솟구치는 깃털.
솟구치는 발톱.
사방으로 흩어지는 깃털의 신음과 구애를 분류합니다. 채찍과 멍과 증거인멸을 오가며 발톱보다 더 자주 표정을 바꿉니다.

지평선 위로 반원을 그립니다.
내 키만 한 무덤을 그립니다.
무덤을 쌓고 무덤을 허물고

개나리 가지를 돌립니다. 노릇노릇 부엉이가 익습니다.

근육이 굳어 가는 츄러스. 휘어지는 게 두려워 부러져 버
리는 빗줄기들을 나는 밤새 퍼다 버립니다.

흰 구름을 혼자 두면 안 되는 이유

창에 매달린 흰 구름에 막대를 꽂으면 솜사탕이 혀끝에서 녹아내린다. 나는 아직 덜 녹은 내 하얀 이의 성분을 분석 중이다.

그러나 흰 구름을 혼자 내버려 두면 아무 데나 가서 부딪혀 멍든다. 뭉게구름, 새털, 양 떼, 거위, 풍선, 찐빵. 접시에 구름을 나눠 담기도 전에 그것들은 제멋대로 이름을 바꾼다. 책을 읽는 동안 놓친 흰 구름. 나는 새 구름을 입양할 계획이다.

오래 버려둔 흰 구름이 씹던 껌처럼 검게 눌어붙어 있다.

무더기로 구름이 부서져 내린다. 마을 전체가 고립된다.
나무, 집, 자동차를 토핑으로 얹은 마을이 딴 세상으로 배달된다.

가든파티

네가 귀에서 귀까지 입을 찢으며 웃는다.
네 혀의 완만한 언덕을 잠깐 보았을 뿐인데
나는 네 속을 다 안다고 말한다.
도드라진 혀에 묻은 구름.
설탕을 풀어 젓듯
어둠을 휘휘 젓듯
나는 네 주변을 돌고
한 시간이 지나 흐린 날을 지나
배스킨라빈스에서
유리창을 기웃거리는 네 볼을
떠먹고 싶다.
껍데기를 뒤져도 네 부피와 질감을 알 수 없을 때
젖은
해안선처럼
나는 귀에서 귀까지 네 발자국을 걸어 둔다.

까마귀가 난다

불탄 꽃처럼 나무 꼭대기에 매달려
까마귀가 운다.

창문을 연다.
까마귀 울음이 방으로 들어온다.

창문을 닫는다.
울음이 잘린다.
잘린 울음이 바닥으로 떨어지고
창밖에서 꺼억, 꺼억 까마귀가 우는데
검은 부리, 검은 가슴 털의 까마귀가
조문객처럼 우는데

방 안에는
목이 비틀린
잉크 빛 까마귀.

우는 까마귀를 쓰레기통에 던진다.
털 뭉치 까마귀가 쓰레기통에서 뒹군다.

엉키는 까마귀.
희미해지는 까마귀.

또 한 마리 까마귀가 손바닥에서 떨고 있다.

창문을 연다.
까마귀가 울음을 끌고 귓속으로 돌아온다.

온몸으로 퍼지는
까마귀는 방사선 검사로도 보이지 않는다.

검정 벨벳 모자를 벗는다.
구덩이를 파 놓고

까마귀의 기억이 지나가길 기다린다.

새우잡이

새우끼리 부딪쳐 새우를 잡고 새우의 어둠끼리 부딪쳐 새우 수염을 잡는다. 어둠이 진군한다. 수염은 담을 넘어와 방 안으로 들어선다. 수염은 깨물어도 어둠이 씹히고 깨뜨려도 어둠이 씹힌다. 던지면 던질수록 빨으면 빨을수록 쫄깃거린다. 어둠에 수염을 꽂으면 수염은 금방 젓가락만 해진다. 뚱뚱한 수염 때문에 볼이 늘어지기도, 아무 데서나 수염이 부러지기도 한다. 녹지 않은 수염을 삼켰다가 입천장을 찔린 적이 있다. 뱃속을 찌르는 수염 때문에 머리가 아팠던 적이 있다. 돌아가는 새우 수염이 들키지 않게 저수지는 안개를 피워 올리고 풀잎은 서둘러 어둠을 털어 낸다.

축구공이 날아가는 동안

아침에 안 일어나면
살았나 죽었나
당신은 꽁치를 뒤집는다
전복을 좋아하는 당신
뒤집힌 옷을 뒤집어 세탁 바구니에 던지며
겉과 속이 뒤집힐 때
항복을 좋아하는 당신
당신과 구운 생선의 눈동자를 흘깃거리며
바둑을 두어도 괜찮을까
뒤집어 놓은 풍뎅이가 날아갈 확률을 점치며
축구공을 몰아도 괜찮을까
흑, 백, 흑, 백이 견해를 바꿔 가며 날아가는 동안
맨 앞에 선 사람부터 맨 뒤 달리는 사람까지
발등과
발바닥과
눈동자는
몇 번이나 뒤집힐까
공이 골문에 다다르는 순간
공은 당신의 눈치를 살핀다

소통의 안과 밖 1

벌레를 물고 날아든 어미 새 부리가 새끼 새 부리 사이에 끼어 있다. 부리와 부리 사이에 시옷이 있다. 등굣길, 하굣길이 있다.

사이시옷은 발음할 때마다 윗니와 아랫니 사이에 끼어 빠지지 않는다. 이삿짐처럼 이사하는 짐 사이에 끼어

머뭇거린다. 샛길, 샛강. 길과 길 사이에서, 강과 강 사이에서 비와 비를 묶으려다가 머리와 머리를 묶으려다가 기어코 깨져 버린다.

헛걸음, 헛손질. 사이시옷은 논리도 체면도 없다. 허점투성이다. 실수가 잦아 여전히 나는 면접에서 허탕을 친다.

액자만 내렸을 뿐

보시스의 풍경*에도 밤이 왔다.

나는 액자 속 사내의 중절모를 벗겨 모자걸이에 걸었다. 눌린 머리칼을 쓸어내리자 베개 위로 그의 머리가 떨어졌다.

사내의 넥타이를 풀었다. 이번에는 그의 목이 덜렁거리더니 침대 위로 떨어졌다.

사내의 재킷을 벗기고 셔츠 단추도 끌렀다. 그의 가슴에서 양털구름이 쏟아져 나왔다. 방 안을 가득 메웠다.

벽 속에서 사내의 눈이 나를 노려본다. 인제 그만 자자고 눈을 쓸어내려도 눈을 감지 않는다.

액자를 떼어 낸다.

두꺼운 사각형만 내려졌을 뿐 그의 눈은 아직 벽 속에 있다.

나는 밤새도록 벽을 후빈다.

화가 치밀어 그가 내 손을 자른다. 그가 내 손가락마다 나뭇잎을 매단다.

* 르네 마그리트.

대화

네 말은 내 컵 속으로
내 말은 네 컵 속으로

서로를
추어올려 주는 척

컵의 귀를 움켜쥐고

슬그머니
서로의 말을 먹이고 있다

우리 집 냉동고에는

'사랑한다'가 들어 있다.

멸치, 완두콩, 얼음찜질 팩 들이 썩지 않는 시신처럼 칸칸마다 쌓여 있다.

가끔 '사랑한다'를 꺼내 냄새와 색깔을 확인하지만, 대부분은 냉동고 속에서 무기한 유예된다. 유예시켰다는 사실조차 새까맣게 잊고 새 멸치, 새 완두콩을 사다가 넣는다.

당신을 넣어 놓고 당신을 넣었다는 사실도 발소리도 말소리도 잊고 새벽에 혼자 커피를 마실 때 부엌 한 귀퉁이에서 가늘게 떨며 냉동고가 운다.

밀봉된 당신을 꺼내 미안해, 오랜만이야, 오븐레인지에 밀어 넣고 당신을 누그러뜨린다.

당신을 꺼내 드는 새벽.

얼음찜질 팩을 이마에 얹는다. 냉동고 속의 '사랑한다'를 재배치한다.

수박입니까

머리카락을 땋아 내려도
더는 길어지지 않는다.

햇빛을 모은다.

햇빛을 모을수록
멍이 짙어진다.

이마가 단단해지고
두근거림이 심해져도
미용사에게 함부로 발설하지 않는다.

곧 울려 댈 알람 같은

뒤통수들이
선택을 기다린다.

까마득한 여러분

내가 물어야 할 거품을 대신 무느라
바다는 입 주변이 늘 허옇다.

말할 차례가 돌아오면 나는 입을 다문다.
모두 일어나서 가 버리길 기다리며

굴비의 말을 복원하려 애쓴 적이 있다.
음을 소거한 채 나는 가수의 노래를
제대로 따라 부르고 있는 걸까?

입은 못 씻어 주고
발등이나 씻으며

오랜 시간 나는 박수를 친다.

돌아가고 나서야
할 말이 떠오르곤 한다.

봄비는 게릴라처럼

풀잎에 나뭇가지에
눈알을 매달고 우글거리지.

봄비는
떼거리로
묵은 플라타너스 잎을 에워싸지.

무거워지는 플라타너스의 명분과
빗소리와
시간,

나는 손가락을 접었다 폈다
양철 지붕의 투덜거림을 세지.
숱 많은 봄비의 머리카락을 세지.

봄비는 한랭전선마다
비누 냄새를 널어놓지.

봄비는 아무한테나 시비를 걸고

나는 민들레 곁에서
젖은 머리카락을 한 올씩 뽑지.

여승이 쪼그리고
거울에 뒤통수를 비춰 보다가 웅덩이를 보다가

한 솥 가득 끓고 있는 봄비.

내 실핏줄이 터지고 있지.

순환선

오래달리기를 하자

펄럭이지 않게 사건마다 잔뜩 구멍을 뚫고
세계지도에도 없는
도로를 달리자

일출과 일몰이 오가는 동안

언제 멈춰야 할지 몰라
낮에도 달이 뜬다

러닝머신 위에서

멈추는 법을 모를 땐
불량품이 되자
회전 초밥이 되자

트랙 바깥이 웅성거려도

모르는 척 지나치자

맨홀 아래로
아무도 내려서지 않는다
트랙 위에서 사건은 단단해져 간다

흉터

1
사방을 어둡게 해 놓고
비가 꽃을 때린다.

글러브를 그만 벗지 그래
권투 선수에게 말했을 뿐인데

건너편 아파트에서 여고생이 뛰어내린다.

꽃 떨어진 자리에서
꽃이 피길 기다린다.

2
구름이 전깃줄에 걸려 흘러가지 못한다고
아이들이 구름을 끌고서 왔다.
구름을 제자리에 놓으라고
소리 질렀다.
아이들이 구름 떼어 낸 자리로
구름을 끌고 간다.

그림 속으로
구름이 흘러간다.

해바라기 증상

커.다.랗.게.

얼굴을 그린다.
시작점과 끝점이 어긋나
버린다.

빗나간 점들끼리 **새.까.맣.게.**

떨어지지 않는 점들이
얼굴에 박혀 있다.

자전거 앞바퀴, 뒷바퀴를
해바라기 꽃으로 갈아 끼우고
페달을 밟는다.

담 너머로 해바라기들이 **번.식.한.다.**

환승역 계단으로 밀려 올라가는 뒤통수들
위에서 바람개비가 돈다.

해바라기는 돌아가서
엄마가 되고

너무 **노.래.서.**
너무 **익.어.서.**
마지막 남은 이가 흔들릴 때까지
해바라기는
해바라기를 낳는다.

울타리 밖으로 보폭을 넓혀 간다.

길이 사라질 즈음

해바라기는 언덕 꼭대기 해 속으로 달려간다.
눈먼 바람에게
오.톨.도.톨.한.
점자가 된다.

발가락

초코 케이크 같은 텃밭에
아버지는 뾰족뾰족 마늘을 심고요.
나는 무지개 초를
생크림 케이크에 꽂아요.

아버지는 아무 데나 뿌리를 내리고요.
내 목은 움츠러들어요.

발가락에 똑같이 힘을 주고 있는데

비둘기는 날고
타조는 뒤뚱 걸어요.

발목마다
보이지 않는 끈이 있나 봐요.

아버지는 점점 깊어지고
나는 자주 미끄러져요.

소통의 안과 밖 2

사이시옷은 예의 바르다. 윗사람, 아랫사람 서로 대접하고 치켜세운다. 수탉이나 수캐는 번식을 위해 성기를 숨기지만 사이시옷은 드러내 놓고 윗사람의 젯날을 챙긴다. 아랫사람 뒷바라지에 여념이 없다.

사이시옷은 가끔은 히트 상품이다. 햇살에 낀 사이시옷은 삼복더위에 불판 없이도 삼겹살을 굽는다. 귓밥에 낀 사이시옷 덕분에 잔소리를 들을 때 청맹과니 노릇을 할 수가 있다.

사이시옷은 윗동네, 아랫동네, 뱃속, 뼛속까지 북적인다. 훗날, 뒷일을 헤아리며 곳곳에서 테러를 음모 중인지 모른다. 나는 다음 면접에서 "뼈를 묻겠습니다."라고 말할지도 모른다.

마흔아홉 살

나는 안개로 걸어 들어간다 나는 흩어지는구나 다른 곳
으로 향하는구나 커튼이 모른 척 딴짓을 하고 있구나 뭉
쳐 다니는 아이들에게 아무도 시비를 걸지 않는구나 안개
와 나는 자주 길을 잃는구나 커튼이 불빛을 삼켜도 불빛
이 집 한 채를 삼켜도 바라보고만 있구나 아무도 막지 못
하는구나 안개가 정어리들과 떼 지어 다니는구나 바다는
바닥을 내어 주는구나 물밀듯이 안개와 먼지는 솜사탕의
허세를 부풀리는구나 아무도 안개를 걷어 내지 못하는구
나 솜사탕은 분홍빛 혀를 녹이고 혀는 문장을 소비하고 내
잉크는 메말라 가는구나 내가 갈증을 하룻밤으로 메울 때
안개는 내 꿈을 들여다보는구나 꿈속에 나는 어디까지 걸
어갔다 돌아온 걸까 내 꿈은 더 멀리서 왕성한 식욕을 드
러내야 하는데 더 쓸쓸해져야 하는데 나는 개와 함께 돌아
오는구나 밥그릇에 얼굴을 파묻고 아침을 차지하는구나

강하면

산봉우리를 넘는 봄비 발목은 보이지 않고 능선에서 능선으로 기차를 타고 메아리를 타고 미래를 건너가는 봄비 무어라 무어라 중얼거리며 지나가는 봄비 속에는 내가 쓴 글씨들과 글씨 뒤에 숨은 혀와 냄새들

1, 2, 3, 4, 5 거울 속에 5, 4, 3, 2, 1 발가락마다 물집이 잡히도록 생각 없이 뒷줄이 앞줄을 따라가는 봄비 간격을 맞춰 눈금을 찍는 봄비 손끝은 보이지 않고 공중누각을 허무는 동안 지치는 동안 불행도 농담도 강하면을 흘러간다.

홍시 예약하기

홍시를 데리고 가는데
홍시가 나무 위로 날아오른다.

지쳐서 제 발로 내려올 때까지
기다리는 수밖에.

홍시는 얼굴이 달아오르는 습관이 있으니
즉석에서 답변하기를 기다리지 않는 게 좋겠다.

홍시를 예약해 놓고

온몸이 타오르기를
기다리는 게 좋겠다.

타오르는 홍시 가까이
가지 않는 게 좋겠다.

머리 위에 매달린 물풍선이 만삭의 배처럼
아래로 처진다.

주마등처럼 머리 위로
홍시가 스친다.

날개

무덤 앞 풀잎이 피리 소리를 낸다. 나는 피리의 모가지를 비튼다. 피리가 비틀린 모가지로 흐느낀다. 한 번 울 때마다 소리에 주름이 잡힌다. 여름내 주름은 달구어진다. 주름이 깊어지며 할머니가 시든다.

울다 울다 입술이 마르면 입술을 갈아 끼우고 풀잎이 운다. 흐느낄 때마다 벌레들 망사 스커트가 말려 올라간다. 할머니의 수의가 점점 짧아진다. 눈이 퀭한 할머니.

부엉이가 운다. 나는 날개에 묻은 얼룩을 도려낸다. 볼이 파이는 줄도 모르고 할머니를 옮기며 벌레들이 운다.

식목일

키 높이를 조절해 가며 바람은 꽃잎을 해체할 수 있다. 이슬비는 머리 가득 꽃 핀을 꽂을 수 있다. 스키핑 스텝은 누구에게 배웠을까. 발목이 아픈 여자가 나무 아래서 꽃비 강수량을 측정 중이다. 눈 지그시 감고 앉아 요지부동이다. 빈집에서 몇 년째 혼자 지는 살구꽃처럼, 오래 버티면 무슨 무슨 꽃나무가 될 수 있을까 하고,

개미는 신발이 없어서 걷지 않는다. 뛰지도 않는다. 기어서만 간다. 뙤약볕에 익는 개미는 왼발을 들면 오른 발바닥이 뜨겁고 오른발을 들면 몸통이 까맣게 타들어 간다. 부풀어 오른 엉덩이가 씨앗 같아서 나는 개미를 화분에 심는다. 잔뿌리들이 마를까 거름흙을 돋우고 설탕물을 뿌린다. 화분을 두드리며 개미를 부른다. 개미도 허리에 힘을 주고 떡잎을 내밀 차례다.

말뚝을 심으면 염소가 자라고 사람을 심은 무덤에 할미꽃이 무성하다. 흙을 털며 개미만 한 기차가 터널을 빠져나온다. 나는 왜 커져야 하는지 모르면서 앞산을 따라 부풀기로 한다.

문신

새들은 날아가면서
공중에 타이핑된다.
새해 무슨 예언 같기도
아직 풀지 못한 퀴즈의 힌트 같기도 한데
뭐라고 썼는지 알 듯 말 듯하다.

더 높이 날아간 새는
태양 한가운데
흑점으로 박힌다.
눈을 뜬 채로는 새를 읽을 수 없다.

모래를 파내어
물길을 만들고
종이를 파내느라 닳은 부리는
종이에 박혀 글씨가 된다.

새들이 밤을 파내는 동안
하늘에서는 노랗게 오이꽃이 핀다.

새는 배경이 원하는지 물어보지도 않고
배경을 상처 내면서
무늬가 된다.

엎질러진 얼굴

파이터가 주먹을 올렸다 내렸다 할 때마다 주먹은 의도적으로 확대된다.

움켜쥔 주먹에 날달걀을 쥐어 주고 싶다.

얼굴로 날아드는 어퍼컷.
주먹이 확대되는 순간 다음 장면으로 넘어가고 싶다.

입술을 오므렸다 폈다

엎질러진 채 뒹구는 얼굴.
장미 정원에 던져질 때 나는 표정 관리를 연습하지 않았다.

빨리 다음 장면으로 넘어가고 싶은데 절정의 순간은 그곳에 오래 머물러 있다.

부엌은 아직 살아 있습니까

나는 쓴맛을 부엌에게 배웠다. 부엌을 드나들고부터 밤길도 아프리카도 무섭지 않다. 속 썩이는 딸보다 흐물흐물해진 오이가 더 싫다. 호박이 호박을 벗어날 때 나는 가벼워진다.

한 달 내내 당신 집 설계도를 수정 중인데 가장 먼저 부엌을 뺄 것이다.

한쪽 발을 빼면 다른 쪽 발이 마저 빠지는 그곳.

끄자마자 다시 켜지는 그곳에서 그날그날 기분을 맛으로 반영할 때 괜스레 당신에게 미안해진다. 사방으로 불이 옮겨붙는 그곳에서 솥을 치우고 주전자를 숨겨도 부엌은 쉭쉭거리며 혼자 끓어오른다. 나는 건축주의 아내에게만 설문지를 돌릴 것이다.

물불 가리지 않고 덤비는 부엌.

등을 밀면 버티는 부엌.

끓어넘치는 부엌을 빼내면 흥건하게 부엌이 엎질러져 있다.

나는 서둘러 부엌을 완성하지 않는다.

부엌까지 가려면 비행기를 타야 한다.

생일

고마워요 바다 케이크네요

등대 꼭대기에 불을 붙여 주세요
키다리 초가 녹는 동안 철썩철썩
오지 못한 친구들이 손뼉을 쳐 주네요

가위를 들고
케이크를 자를게요

방금 자른 모래밭 한 조각
내 낙타는 비루하고, 나는 향료도 없고
젖은 모래를 말리느라 혓바늘이 돋아요

치마를 펄럭이며 서 있어요
나는 해안선에 이어진 바다 한 조각
한 발짝씩 물러서다 보면
뿌리째 뽑혀서
어느 아침
발끝이 바닥에 안 닿을지 몰라요

섬 한 조각을 자르면
목소리와 표정이 물속으로 잠겨요
물속에서
고함은 왜 모두 물방울이 되는 걸까요

수평선을 따라 하늘을 자르니
케이크를 뭉개며
새 떼가 날아올라요

하늘에 새 떼의 고함이 묻어 있어요

수화手話

ㅇㅕㄴㅁㅗㅅ을 두드리면
모니터 가득 고이는 물.
연못에 ㅅㅗㄱㅡㅁㅈㅐㅇㅇㅣ를 풀어놓는다.
발끝에서 발끝을 벌려
소금쟁이가 둥글게 파문을 그리면
모니터가 출렁인다.
심심한 연못은 소금쟁이를
커서처럼 끌고 다닌다.

글자들을 던진다. 창 너머로
ㅂㅣㅎㅐㅇㅇㅣ가 날아간다.
ㅈㅏㄷㅜ가 떨어진다.
빗방울이 투둑투둑
나뭇잎 자판을 두드리고
체온이 떨어져
나는 잎 마르는 냄새를 풍긴다.

바스러지기 직전
ㄴㅓ를 부르면

초인종이 울리고

검은 부르카를 두른 네가 서 있다.

너를 불러 놓고 자판을 두드린다.

타닥타닥

곰국 끓는 들통 안에서 뼈들이 달리고

나는 자판을 눌러 말의 씨앗을 심는다.

키우고 싶은 말들을 속성으로 재배한다.

유월이어서

발이 길어져 걱정이다.

아무 데나 척척 발을 걸치고

건들거리는 발목들.

장미꽃은 지혈이 잘 안 되는데

돌멩이를 걷어찬다.

분노가 자리를 옮겨 앉을 때까지

낮이 길어져
발이 길어져

발목이 사라지는 줄 모르고
깡통을 찬다.

바퀴도 없이 분노가 굴러간다.

분노를 뒷바라지하느라
개 짖는 소리마저 찌그러진다.

내년에

　당신에게 뉴스를 팔고 새총을 팔고 꽃삽을 팔고 나침반을 판다. 눈사람을 팔고 온도계를 판다. 그늘을 팔고 내 화도 조금 덜어서 덤으로 주고 다물지 못하는 당신 입은 내혀로 봉한다. 나는 계속 자란다.

　나는 엘리베이터 안내원이 된다. 당신이 건네는 지폐처럼 펼쳐지고 접힌다. 무늬가 흐려질 때까지 허리를 굽히고 펴면서 한 무더기 당신을 내려놓는다. 지정된 장소마다 당신을 흘린다. 나는 우거진다.

분명한 입장

국수는 가늘다 싱크로나이즈드 스위밍 하얀 발짓은 가늘어서 속이 다 보인다 다음 동작을 쉽게 들킨다 이슬비가 가늘다 이슬비 속을 뛰어가는 저 여자는 가늘다 손가락이 가늘고 목소리가 가늘다 그 여자가 연주하는 피아노 소리는 너무 가늘어서 손가락과 함께 문틈으로 새어 나온다 비에 젖은 그녀 머리카락도 허리도 한 줌에 잡힌다 끓는 물속으로 국수가 쏟아진다 입장이 분명한 게 그녀의 흠이라는데 그녀가 뛸 때마다 심장이 다 보인다 너무 맑아서 집주소를 혈액형을 알아낼 수 있을 것 같다 가는 발목으로 비는 캥거루를 데리고 캥거루는 그녀를 데리고 획획 지나간다 그녀의 할 말이 다 젖는다 그녀를 앞서는 비도 그녀도 그녀를 뒤따르는 비도 그녀와 함께 바닥에 꽂힌다 잡는 순간 형체를 지운다

삽입

삽을 씻은 후 봉투에 삽을 넣어 네게 보낸다. 너를 파헤치려고 삽을 보냈는데 너는 그 삽을 화분에 심는다. 물을 줄수록 가시가 돋는 삽. 뿌리를 내리는 삽. 화분에 삽 한 자루를 꽂았는데 웃자란 선인장이 발등을 찍는다.

일요일.

머리맡에서 햇빛 와글거리는 소리를 나는 가끔 놓친다. 날을 세우고 달려드는 삽. 머리맡에 가까워지는 삽 소리를 가끔 놓친다. 커다란 귀 하나를 들이대고 삽은 내 숨소리를 듣는다. 삽은 나를 열고 닫는다.

그곳에 가면

리트머스가 있고 빨강이 있고 붉으락푸르락이 있다 실험
군이 있고 추리양이 있다 핀셋이 있고 세포가 있고 조직이
있고 괴사가 있다 모르쇠가 있고 가설이 있고 가설을 뒤집
는 모자가 있다 아나운서가 있고 뉴스가 있다 뒷문이 있고
정면 승부가 있고 금수가 있고 강산이 있다 안개가 있고
이슬이 있고 구름에서 구름을 건너 안 보이던 사람이 천천
히 발견된다

열병식

오오오오오오오오오오오오오오오오오오오오
징징징징징징징징징징징징징징징징징
어어어어어어어어어어어어어어어어어어

포구에
허수아비들을
줄 세울 수 있다.
모자를 씌울 수 있다.
손에 손에 총대를 메게 할 수 있다.
호루라길 불어 조용히 시켜 놓고
모조리 같은 높이로 뛰어오르게 할 수 있다.
공중에서 멈추게 할 수 있다.

너는 바다의 꼭짓점을 끌고 오른다.
바다를 확장한다.
오에서
어까지
동그란 물방울들을 털어 내며
집어등처럼 매달려

우화를 꿈꾼다.

네가 사라진 자리에
윤곽만 남은 세모와 네모.
나는 허공에 빈집을 지어 놓고
혼자서 몰래 그곳을 드나든다.

내 혀와 당신의 혀가

내 혀와 당신의 혀가 장대비 속에 나란히. 기분에 따라 두 팔의 제동 거리는 달라집니다. 쓴맛과 단맛, 자동차 몇 대 분량의 말들이 양방향 차도를 오가는지 세어 보지는 않았습니다.

끊어진 도로를 보면서 혀를 차고 싶은데 너덜너덜해진 혀가 급류에 휩쓸려 갑니다. 내 말과 당신의 귓바퀴는 많이 닮았으니 통화가 끊겨도 궁금해하지 마십시오. 내 혀가 떠내려가는 곳은 온통 흙탕물입니다. 내 혀는 자갈과 재갈과 코뚜레와 뒤섞여 떠내려갑니다. 끊어진 혀들끼리 소란스럽습니다.

산이 산에게 구름을 옮기는 동안 혀 체조를 할까요. 이쪽 산은 저쪽 산속으로 저쪽 산은 이쪽 산속으로 젖은 혀를 내밀어 봐요. 구름다리를 놓겠습니다. 출렁출렁 당신의 혀와 내 혀를 잇겠습니다.

꽃밭에 누워

식물원에 손톱을 던지면
떡잎이 새로 돋는다.
마구 팔을 휘저으면 나무가 자라고
나무는 자주 말투를 바꾼다.
아카시아 꽃들
조금 희고 조금 검고
역류를 견디느라
비린내가 나는데
꽃이 꽃을 복사하고 있다.
꽃 노릇은 지루하다.

횡단보도는 물결친다

한 줄 가득 반성하고 한 줄은 지우고

또 한 줄 빽빽이 반성하고 또 한 줄은

지우고 흑백 줄무늬를 건너가는 동안

어두워지는 강물을 누가 다녀가나 보다

동호대교 강물 성수대교 강물 울렁거리며

앞뒤 구분 없는 내 꿈을 건너가나 보다

가라앉는 머리 일어서는 이마 물에 빠진

얼굴 떠오르는 얼굴 이탈하려는 얼굴을

건져 올릴까? 밀어 넣을까? 일어서다가

고꾸라지고 환해지다가 어두워지고 상처

보다 넓게 붕대를 감은 회전목마의 물결

여섯 시

그녀를 가리켰던 숫자들이 임무를 다하고 벽으로 돌아
갔다. 병실의 흰 커튼을 치고 여섯 부부가 둥글게 그녀를
에워쌌다.

우리를 불러 놓고

그 한가운데

정지된 시곗바늘처럼 그녀가 조용하다.

투명한 사과

　당신의 둥근 배 속에 말랑말랑한 팔다리를 흔드는 아기
가 살고 당신의 동굴에 뼈가 단단해지는 새 한 마리가 산
다 나는 당신의 둥근 눈알에 까맣게 박혀서 한껏 들뜬 채
당신에게서 굴러떨어질 때를 기다린다 그때에 이르렀는지
가끔 당신을 들썩거려 본다 아직은 어둠도 눅눅함도 견딜
만하다

소원은 얼 수 있다

관심을 관심 밖으로 밀어낼 때
관심은 뒤뚱거린다

눈 밖에 난 눈사람처럼

관심은 창백해진다

눈끼리 뭉쳐서
눈이 굴러간다
깨지지 않게 조마조마
둥근 알이 굴러간다

가슴 밖으로 밀려나간 가슴을 버리고

눈사람은
사람이
눈이 되길 기다린다

쥐가 나는 팔다리를 주무르면서

창밖으로 밀려나간 창문을 넘어
허물 밖으로 밀려나간 뱀을 넘어

눈사람은
사람이 되기를 기다린다

이목구비가 얼며 녹으며
흩어지지 말고
말하지도 말고
어둑해질 때까지 벌판을 벗어나지 않아야 한다

간격을 좁히면

도마에서 채 써는 소리들끼리 간격을 좁히면
한 자루 칼이 완성될까요.
시간을 채 써는 초침 소리가
하루를 끌고
가족사진 뒤로 사라집니다.
풀밭을
책들을
누가 차곡차곡 썰어 놓은 걸까요.
저걸 다 치우려면
지루하게 소화기관을 거쳐야겠네요.
쫓아가서 말을 걸든지
발이라도 걸든지
구호들을 뭉치면
아주 쉽게
돌멩이가 돼 버려요.

질문만이 존재의 가능하고 유일한 화법?

김수이(문학평론가)

어떻게 하면, 언어의 안에서 또 밖에서 의미의 공회전을 멈출 수 있을까. 의미 없는 것, 의미로 환원될 수 없는 것, 의미가 모호한 것 들을 언어화하려는 가망 없는 작업을 의미에 대한 강박 없이 수행할 수 있을까. 언어 속에서 말할 때나 언어의 밖에서 침묵할 때, 의미 없는, 의미 아닌, 의미를 넘어선, 또 그 밖의 모든 언어를 우리가 갖지 못했다는 사실을 잊지 않으면서도 그 한계에 갇히지 않을 수 있을까.

그러니까 언어화할 수 없는, 이름 없음(무명이나 익명)보다 더 근원적인 언어의 불가능성 혹은 불가능한 언어인   을/를(부재하는, 무한히 도래하는 중일 이 어휘를 빈칸으로 기록하자.), 우리는 우리가 아는 유일한 언어인 '의미의 언어'로밖에는, 정확히는 그 부정형이나 미정형으로밖에는 환기할 수 없다. 언어에 새겨진 수많은 균열과 빈틈들은 언어가 감당해 온 자기 한계와 불가능성의 거듭된 각인이다. 그것은 또한 언어와 분리될 수 없는 인간 존재의 한계와 불가능성의 상징이기도 하다. 언어와 존재는 함께 실패하고 좌초해 온 이력을 갖고 있는 것이다. 언어와 존재가 운명의 공동체임을 심언주는 첫 시집 『4월아, 미안하다』(2007)에서 다음과 같이 진술한 바 있다.

> 나는 부서져 내린 언어의 등에 불을 지핀다. 부서진 언어들이 도르르 말린다. 번데기처럼 웅크린다.
>
> ──「시뮬레이션 ── 새」에서

의미화 혹은 의미 소멸의 불길에 도르르 말리면서 번데기처럼 웅크리는 것은 언어이자 '나'이다. "부서져 내린 언어의 등"은 언어의 등인 동시에 '나'의 등이기 때문이다. 사실, "부서져 내린 언어의 등"보다 내면 깊은 곳으로부터 파열된 인간 존재의 등으로 알맞은 것이 달리 있겠는가. 심언주의 '시뮬레이션'에서 언어와 존재는 의미론적 차원을 거슬러 존재론적 차원에서 이처럼 하나의 육체로 밀착한다. 육체의 일부임에도 내가 직접 볼 수 없는 '등'은 자아이면서 타자인 미묘한 위치에 있다. 이 이중성에 의해 '등'은 존재와 언어의 관계를 의미론적 차원에서 존재론적 차원으로 소급하는 절묘한 비유가 된다. "부서져 내린 언어의 등"

을 가진 '나'는 언어에 새겨진 균열과 빈틈을, 의미의 투쟁에서 끝내 승리할 수 없는 언어의 태생적인 결여를 존재론적 차원에서 살아 내는 중에 있다. "부서진 언어들이 도르르 말린다." 언어-나는 "번데기처럼 웅크린다".

돌이킬 수 없이 잃어버린 것, 처음부터 갖지 못한 것에 대처하는 방식은 크게 두 가지다. 첫째, 상실의 애도. 상실한 대상을 기억하고 아파하며 마침내 떠나보냄으로써 상실한 대상과 '나'를 분리하기. 상실의 승인, 즉 삶의 방향. "쓸 때보다 지워질 때 살아나는 이름들을 열거하며 (……) 칠판을 지운다 칠판을 보낸다".(「칠판기념일」) 둘째, 애도마저의 상실(우울). "잎과 줄기, 그리고 발을 떼 내어/ 따로따로/ 심어 주세요/ (……) / 다음 여름에/ 장미로 돌아오지 않게".(「장미대첩」) 상실한 대상의 자리에 '나'를 이입해 둘을 '상실'의 주체로 일치시키기. 상실에의 함몰, 즉 죽음의 방향. 그런데 삶이 계속되는 것은 대상과 '나' 둘 다를 완전히 잃어버릴 수도 보존할 수도 없는 '열린 곤경' 속에서다. 상실의 애도도, 애도의 상실도 온전히 완수될 수 없다. 애도는 완결을 향해 무한 수렴되는 과정이며, 애도의 상실 역시 그렇다.(실제의 죽음은 상실의 완결이라기보다는 '중단'이다. 우리는 그 이후에 대해 아는 것이 없다.) 살아 있는 한 존재는 닫힐 수 없다. 존재는 결핍을 내치거나 끌어안는 선택의 주인이 아니라, 결핍 자체를 실존의 근본 조건으로 살아 내야 하는 자다. 언어의 처지도 이와 다르지 않다. 그러므로 언어-존재에게 가능한 것은 확정된 진술이 아니라, 끊임없이 다시 쓰는 열려 있는 질문(뿐)이다.

언어에 대한 강한 자의식을 지닌 언어 사용자를 넘어, 언어의 결핍을 자신의 결핍으로 지속적으로 살아 내려는 언어-존재로서 '나'는 '질문'과 질문에 준하는 진술의 화법으로 이야기한다. 심언주의 두 번째 시집의 제목 '비는 염소를 몰고 올 수 있을까'는 이 언어-존재론적인 질문들을 한 문장으로 압축한 상징적인 화두다. 질문은 대략 세 가지의 열망과 그 열망의 요원함에서 비롯된다. 첫째, 어떤 언어를 쓸 때 그 언어-존재를 텍스트에, 지금 여기에 온전히 불러낼 수 있을까. 둘째, 어떤 언어를 쓸 때 그 언어-존재와 '나'의 언어-존재는 온전히 만날 수 있을까. 셋째, 어떤 언어를 쓸 때 그 언어-존재와 함께 '나'의 언어-존재는 자신과 세상에 미미하나마 변화를 일으킬 수 있을까.

상실이라는 존재적 사건, 그에 대처하는 애도와 우울이 혼융된 삶의 드라마, "내 목으로 알지 못하는 얼굴이 배달되"고(「굴뚝들」), "사과 노릇을 하려는 사과일지 모르"는 '붉은 사과'들이 번성하는(「사과에 도착한 후」) 뒤틀린 세계, 그리고 "허점투성이"에 "실수가 잦"은 '나'.(「소통의 안과 밖 1」) 이런 비관적이고 열악한 조건에서 과연, "비는 염소를 몰고 올 수 있을까". 질문은, 어떻게 전달되고 작동할지 예측하기 힘든 언어의 난기류를 통과해 타자와 세계에 가 닿을 수 있을까. 다르게 말하면, 질문이 힘을 발휘하기 위해서는 많든 적든 의미의 공회전이 불가피한 것은 아닐까. 아니, 사태는 보다 근본적이어서 적어도 질문에 관한 한, 의미의 공회전은 언어의 과소비나 오작동이 아니라 언어-존재를 가동하는 중요한 방법인 것은 아닐까. 심언주의 시에서 자주 일어나는 주체와 대상의 환유적 이동, 비약적인 서술어의 과잉 방출, 흡사 환상 기법처럼 보이는 이질적인 것들의 연쇄적 파란(波瀾)은 의미를 구축하는 과정이 곧 의미가 흩어지고 무화되는 과정임을 보여 준다. 심언주의 시는 의미의 탄생과 소멸이 더 이상 구별되지 않는 세계에서 공회전의 힘으로 나아가는 독특한 질문의 시다. 결핍과 혼란을 살아낼 뿐 아니라 그에 더욱 일조하면서 질문을 계속한다는 것은 무슨 의미인가. "냉동고 속의 '사랑한다'를 재배치하"(「우리 집 냉동고에는」)는 일에 불과할지라도, 질문을 중단하지 않는다는 것은?

질문 1. 그 언어-존재를 텍스트에, 지금 여기에 온전히 불러낼 수 있을까

오는 건가 가는 건가
넘어지지 않고 계단을 내려설 수 있겠나
4차선 도로를 건너뛸 수 있나
느긋한 건가 서두르는 건가

오리도 몇 마리 데려올 수 있나

우리까지 염소를 몰고 올 수 있을까

후진할 수 있겠나

미는 건가 밀리는 건가

에스컬레이터가 멈춰 서면 쓰러지지 않을 기술이 있나

(……)

버스는 탈 수 있겠나

콘크리트에 으깨진 비는 살아날 수 있겠나

돌에 닿으면 돌이 되고 살에 닿으면 피가 되나

그리는 건가 지우는 건가

연못에 빠져도 고인 물에 섞이지 않을 자신이 있나

원인인가 결과인가

오늘 등록한 비를 내일 또 볼 수 있을까

귀와 강물을 나란히 흐르게 할 수는 없나

내 온몸에 스밀 수 있나

그의 몸을 그려 줄 수 있나

호신용 무기가 되어 줄 수 있나

                    ―「비는 염소를 몰고 올 수 있을까」에서

  끝없이 이어질 수 있는 이 질문의 목록이 독자에게 요청
하는 것은 해석이 아닌 질문이다. 선택이 아닌 선택이 가

능하며 유용한가에 대한 의문이며, 맥락이 아닌 맥락과 맥락 없음을 구별할 수 있는가에 관한 단호한 의심이다. 질문의 의도를 굳이 말한다면, 엄청난 분량의 당황스러운 질문과 대면하라는 폭발적인 요청일 것이다. 질문이 쇄도하는 이곳은 이분법의 세계가 아니며, 필연적인 인과의 세계도 아니다. 의미나 보상이나 전망이 보장된 세계는 더더욱 아니다. 바로 우리의 세계다. 이때 질문은 언어가 자신이 가리키는 존재 자체가 되어 그 언어-존재를 여기에 불러내기를 바라는 '주문(呪文)'에 가까운 것이 된다. 질문의 주체가 실제로 경험하는 언어 현실은, "자판을 눌러 말〔言語〕의 씨앗을 심"고 "키우고 싶은 말들을 속성으로 재배하"(「수화手話」)는 조작과 허위의 현실이기 때문이다.

존재와 괴리된 언어들이 남발되는 세계에서 존재-언어의 빈자리를 메우는 것은 아이러니하게도 존재 자체 즉 언어-존재다. 별도의 행위 없이도 언어의 역할을 겸하는 존재가 있는 것이다. 예를 들어, "빗나간 점들끼리 **새.까.맣.게.**" 모여 이루어진 해바라기의 씨앗이 "눈먼 바람에게/ **오.톨.도.톨.한.**/ 점자가 되"(「해바라기 증상」)는 풍경. 그러나 이 예외적인 풍경은 말 그대로 예외적인 것일 뿐, 심언주가 계속해 온 질문에 대한 대답은 아니다. 인간의 언어로 직역하거나 인간이 참여할 수 있는 소통의 영역도 아니다. 그렇다면?

질문 2. 그 언어-존재와 '나'의 언어-존재는 온전히 만날 수 있을까

그러나 흰 구름을 혼자 내버려 두면 아무 데나 가서 부딪
혀 멍든다. 뭉게구름, 양 떼, 거위, 풍선, 찐빵. 접시에 구름을
나눠 담기도 전에 그것들은 제멋대로 이름을 바꾼다.

(......)

무더기로 구름이 부서져 내린다. 마을 전체가 고립된다.
나무, 집, 자동차를 토핑으로 얹은 마을이 딴 세상으로 배
달된다.

       ——「흰 구름을 혼자 두면 안 되는 이유」에서

언어가 존재를 즉시 "몰고 올 수" 없다고 해서 호명을,
문장의 구성을, 글쓰기와 시 쓰기를 멈출 수는 없다. '고립'
과 '착오'의 불통 사태를 막으려면, 소통 불발과 소모전을
각오하고 타자와 세계에 개입해야 한다. "악수하면서 내 손
을/ 그의 손과 바꾼다// 남의 손으로 밥을 먹고/ 남의 손
으로 일기를 쓴다". "그 많던 내 손들은 다 어디로 간 걸
까".(「잃어버린 손」) 질문은 이어지고, 반복에 따른 약화를
감수하며 다시금 계속된다. 계속되어야 한다. 심언주의 생
각에, 질문은 '남'과 자주 바뀌고 뒤섞여 '누구'로서 살고

말하는지 알 수 없게 된 분열된 주체 '나'가, 마찬가지로 분열된 '너'를 향해 다가가는 유일한 통로인 까닭이다. "가라앉는 머리 일어서는 이마 물에 빠진/ 얼굴 떠오르는 얼굴 이탈하려는 얼굴을/ 건져 올릴까? 밀어 넣을까?"(「횡단보도는 물결친다」) 질문의 물결은 '나'로부터 '당신'에게로 흘러간다. 안타깝게도 "당신은 나보다 입이 크고" "귀가 하나여서/ 내 말을 귀담아듣지도 않"지만(「거울을 보는 컵」), "엿보고 싶지만/ 너와 마주칠까 나는" 결정적인 순간에 "후퇴하"지만(「백 일 동안」), 소통이 어긋나고 끊어진다고 해서 소통의 열망도 함께 사라지는 것은 아니다.

내 혀와 당신의 혀가 장대비 속에 나란히. 기분에 따라 두 팔의 제동 거리는 달라집니다. 쓴맛과 단맛, 자동차 몇 대 분량의 말들이 양방향 차도를 오가는지 세어 보지는 않았습니다.

끊어진 도로를 보면서 혀를 차고 싶은데 너덜너덜해진 혀가 급류에 휩쓸려 갑니다. 내 말과 당신의 귓바퀴는 많이 닮았으니 통화가 끊겨도 궁금해하지 마십시오. 내 혀가 떠내려가는 곳은 온통 흙탕물입니다. 내 혀는 자갈과 재갈과 코뚜레와 뒤섞여 떠내려갑니다. 끊어진 혀들끼리 소란스럽습니다.
　　　　　　　　　　　　　　　　　——「내 혀와 당신의 혀가」에서

우리가 무수히 겪어 보았기에 알고 있듯이, "내 혀와 당신의 혀"는 사용법이 다르다. 소통의 안과 밖도 밀도가 사뭇 달라서, 말들은 자신이 지시하는 대상에도 도달해야 할 상대에도 가 닿지 못하기 일쑤다. '나'와 '당신'이 무수히 경험해 온 언어의 유실은 결국 타자의 유실이었으며, 자기 자신의 유실이었다. 세계의 곳곳에서 오류와 불통이 속출하는 재난이었다. 당신과 나의 "끊어진 혀들끼리 소란스러"운 굉음에 가까운 소음은, 발화되지 못하고 이해받지 못한 의미들이 가망 없는 공회전을 계속하는 존재론적 열망의 소리이다. "통화가 끊겨도 궁금해하지 마십시오". 나는 당신에게 말했지만, 저 유정한 소음의 진의(眞意/眞義)에 당신이 귀를 기울이지 않기를 바랐던 것은 아니다. 같은 맥락에서, '흰 구름을 혼자 두면 안 되는 이유'는 "마을 전체가 고립되"고 "마을이 딴 세상으로 배달되"는 비극을 막기 위한 것이었다. 상황은 낙관적이지 않다. 당신을 향한 말들은 당신을 비껴가고, 만남을 위한 말들은 오히려 만남을 와해시킨다. 그러나 불발된 말들의 거대한 급류에 휩쓸려 떠내려가면서도, 수많은 실패의 경험으로 "너덜너덜해진 혀"는 '당신'을 향해 무언가 말하는 일을 끝내 멈추지 않는다. 소통 자체보다 더 중요한 것은 소통의 불가능성과 실패를 감수하려는 노력이라는 듯이. 이 노력 자체가 바로 소통의 진정한 의미라는 듯이. 그렇게 '나'는 '당신'에게 다가간다. 당신은, 당신의 기분은 어떤가?

질문 3. 그 언어–존재와 함께 '나'의 언어–존재는 자신과 세상에 변화를 일으킬 수 있을까

아침에 안 일어나면
살았나 죽었나
당신은 꽁치를 뒤집는다
전복을 좋아하는 당신
(……)
흑, 백, 흑, 백이 견해를 바꿔 가며 날아가는 동안
맨 앞에 선 사람부터 맨 뒤 달리는 사람까지
발등과
발바닥과
눈동자는
몇 번이나 뒤집힐까
공이 골문에 다다르는 순간
공은 당신의 눈치를 살핀다
　　　　　　　　—「축구공이 날아가는 동안」에서

　당신에게 뉴스를 팔고 새총을 팔고 꽃삽을 팔고 나침반을 판다. 눈사람을 팔고 온도계를 판다. 그늘을 팔고 내 화도 조금 덜어서 덤으로 주고 다물지 못하는 당신 입은 내 혀로 봉한다. 나는 계속 자란다.

나는 엘리베이터 안내원이 된다. 당신이 건네는 지폐처럼 펼쳐지고 접힌다. 무늬가 흐려질 때까지 허리를 굽히고 펴면서 한 무더기 당신을 내려놓는다. 지정된 장소마다 당신을 흘린다. 나는 우거진다.

—「내년에」

심언주는, 소통의 진정한 의미는 소통의 달성 여부가 아니라 소통의 열망과 실행 과정에 있다고 믿는다. 소통의 완성도와 순도(純度)로 말한다면, '당신'도 '나'도 용맹 정진하기에는 안팎의 여건이 녹록지 않다. 매일매일의 삶에서 당신의 '견해'는 "꽁치를 뒤집"듯이 수시로 바뀌고, 소통의 "골문에 다다르는 순간" 내가 쏘아 올린 언어의 "공은 당신의 눈치를 살피"기에 급급하다. '당신'을 이용하거나 봉쇄하면서 '나'는 계속 자라고, '당신'을 내려놓고 흘리면서 '나'는 우거진다. 심언주는 '내년에'도 상황이 크게 달라지지 않을 것이라고 예고한다. 무엇보다 달라지지 않을 것은 '당신'과 '나'일 것이라는 암시를 곁들이면서.

따라서 문제는 언어의 공회전에 앞서, 언어의 공회전과 더불어 진행되는 존재의 공회전이다. 이 둘은 구별되기 어렵지만 — 언어의 엄밀한 이름은 존재-언어이며, 존재의 엄밀한 이름은 언어-존재이다 — 바로 그 분리 불가능성으로 인해 존재의 가능하고 유일한 화법이 질문일 수밖에 없는 이유를 설명해 준다. 예측할 수 있거나 예측할 수 없는 수많은 대답을 향해 열려 있는 질문. 그 대답이 또 다른 질문이 되거나, 아예 새로운 질문들을 불러일으키는 질문. 중심이 자신의 안이 아니라 밖에 있는 질문. 유실되고 부서지고 부정되고 폐기되는 등의 어떤 결과와 상관없이 그 자체로 의미를 갖는 질문. 존재를 전율케 하고, 한 지점에 깊이 머물거나 다른 자리로 조금씩 이동하게 하는 질문. "무어라 무어라 중얼거리며 지나가는 봄비 속에는 내가 쓴 글씨들과 글씨 뒤에 숨은 혀와 냄새들"(「강하면」)이 있다고 믿는 사람의, 그러니까 해석과 소통의 열망.

질문은 문장과 화법의 일종이기 전에, 열려 있음을 근본 조건으로 하는 인간의 열린 존재 방식이다. 대답은 질문이 열어 놓은 이 (불)가능성의 차원을 통해 도래하는 무엇이(어야 한)다. 그 대답이 본질적으로 질문의 형식임을, 공회전의 동력으로 가동되는 아이러니한 역동성의 산물임을 심언주는 이번 시집에서 보여 준다. "비는 염소를 몰고 올 수 있을까". 심언주가 가르쳐 준 질문의 화법으로 대답하기로 하자. '당신'과 '나'의 존재의 날씨는, 세상의 기후는 어떻게 변화되어야 하는가? 변화는 어디까지, 얼마나 가능한가?

그렇다면 지금, '당신'과 '나'의 질문은 무엇인가? 무엇이어야 하는가?

지은이   심언주

충남 아산에서 태어났다.

2004년 《현대시학》으로 등단했다.

시집으로 『4월아, 미안하다』가 있다.

비는 염소를 몰고 올 수 있을까

1판 1쇄 찍음 2015년 6월 4일

1판 1쇄 펴냄 2015년 6월 12일

지은이 심언주

발행인 박근섭, 박상준

펴낸곳 (주)민음사

출판등록 1966. 5.19. (제16-490호)

서울특별시 강남구 도산대로1길 62(신사동)

강남출판문화센터 5층 (135-887)

대표전화 515-2000 / 팩시밀리 515-2007

www.minumsa.com

ISBN 978-89-374-0830-4 04810

       978-89-374-0802-1 (세트)

이 시집은 2008년도 문화예술위원회 문예진흥기금을 받았습니다.

민음의 시